歌集

影ふたつ

生方柾栄

砂子屋書房

亡夫に捧ぐ

＊目次

Ⅰ

Ⅱ

Ⅳ

Ⅴ

Ⅷ

Ⅸ

装本・倉本　修

歌集　影ふたつ

I

陽春のひかり

早朝に椿のみつ吸う鵯のあたまは花粉の黄に染まりおり

陽春のひかりあつめる福寿草パラボラアンテナの形に咲けり

鵯の掻きまわしたる庭隅をすずめこまめに漁りおりたり

ゆく春に菩提寺訪えばかたつむり乾きたるまま墓碑に止まれり

玉虫色に

触覚にチョイと触るれば小かまきり鎌をふりあげわれをにらめり

次つぎにつつじの花がら摘みおりてふいにおもえり人間のエゴを

捕えたるばかりの小みみず嘴にやせたる雀はあたりうかがう

背のひかり玉虫色にかなぶんが庭木めぐれり梅雨の晴れ間を

暑き日に姉と電話にかたりあう互いの庭の百日紅を

ひさびさの夕立あがりさにわべに深山おもわす木の香ただよう

軒先のみかんの若芽を食いつくし毛虫は蜘蛛の巣にもだえおり

サフランほっかりと

朝まだき庭にゆれいる秋明菊　命名せるひとしのびてながむ

陽だまりに移しやりたるかまきりを風つよき夜にふいにおもえり

前ぶれもなしにサフランほっかりと開きて秋はなお深むらん

枯れ枝にとかげのむくろ刺されていて絹糸ほどのゆびひらきおり

蠟梅の枝に止まれる目白二羽めりはりきける小顔あかるし

II

てんとうむし連れて急げり

再検の腫瘍マーカー値正常と言われる瞬間まで三ヵ月

薄紅の吾が胃の映像目守《まも》りつつ吸ってぇ吐いてぇ二十五分を

暗雲の晴れたる受診のかえりみち垣のてんとうむし連れて急げり

「マサエさん平均寿命まで楽しんで…」医師は告げたりドックの結果

コンピュータを見ずしてわれに向きあえる医師を信じて五キロを通う

年金かたる

若き日にアラン、カフカを論ずるも古稀ちかき友年金かたる

直角三角形なればピタゴラス　これが手だての夢多きころ

夕日に散れり

歌会のほてりのままに帰る夕べ青き寒月ずっとつきくる

会心の作バッサリと斬られたる歌会の帰路の月こそ味方

往年の歌友まじえて師をかこむ上毛野《かみつけの》おだしきょうの節分

上毛野の二十二年を寿ぎてカメラにおさむ三枝歌会

上毛野に師をむかえたる日の歌会友みなゆるく夕日に散れり

点火に「ゴメン」

はやらざるそば屋の前を通るたび干しあるざるの数の気になる

法師蟬の声に無為《むい》なる夏を悔い書店に急ぐ八月晦日

水張田の失せて間もなき沿線にソーラーパネル雲流しおり

真四角の空に舞いいる鳥影をカフェより眺む申告おえて

好き物ぞ鰺の干物を手にとれば三重丸のまなこのつぶら

大き目にじっと見つめる金目鯛　思わずつぶやき点火に「ゴメン」

マンションに友訪《おとな》えば遠くよりまつりばやしの太鼓・鉦《かね》の音

沈丁花のかおるクラスはしずもりて鉛筆の走る音のみ聞こゆ

届きたるのは

『それぞれの桜』ローズピンクに包まれて届きたるのは皐月の七日

〈東風平《こちんだ》〉に引き留められてそのペイジ開けたるままにおもい巡らす

珊瑚礁の海に浮かるるばかりなる若き日のあり苦くかえれり

〈東風平〉がわれを急かせる　いま再び摩文仁の丘に立ちてわびたし

車内は同窓会に

新緑に染まりて走るあずさ号アカシアの白そちこち鮮し

鉄なべに甲斐の野菜の煮込まれて歯ごたえたしかなほうとう楽しむ

登壇の師はきびしさをいつかやわらげ受講のわれを引き込む

バス停に受講帰りの長き列ひとつ話題ににぎわいており

ひとつ席を分け合い名乗り合いしつつ帰路の車内は同窓会に

地球は草のにおいすと

降りたてる地球は草のにおいすとエンデバーの若田氏言えり

もどりたるディスカバリーのママ飛行士は駆けよる幼を抱き目を閉ず

眉ふときかな

リオ五輪選手の母校に祝福の垂れ幕さがり風にふくらむ

スタートに十字を切りてウサイン・ボルト19秒78を疾風となる

金メダルを逸して床に伏す吉田沙保里　背の水平のすがた正しき

ゴールして身を投げ出しし渡部暁斗　胸の「2」の字がバクバク上下す

日本中の視線あつめて稀勢の里テープ幾重の肩にて勝利

（2017年）

空っ風の最終区ゆく大石港与　髪逆立てて速度あげたり

澤穂希のヘッドアタックゴール決め長き束髪宙をおどれり

グランドに少年宣誓日焼けして上げたる顔の眉ふときかな

興南のキャプテンフーッと息をして真紅の旗を確とにぎれり

ともしび消える

上州の空の続きのその果てに命なぶれる「ＩＳ」のあり

如月に入る朝やぶれる薄氷　平和の使者のともしび消える

目深なる黒の帽子のかげにある無念おもいてわれも泣きたり

あかり灯りたり

二つなる灯台にあかり灯りたり師の名そろいて「りとむ」９月号

八十路なる師を迎えたる古稀ふたり「懐食みちば」に十五年ぶり

師の訳書『二年間の休暇』を手にとって青春の日にタイムスリップ

わが歌一首

気がかりな蘭の株分けなし終えて決着つけたりわが歌一首

サイドミラーの捉えし夕陽のきらめきに歌稿の結句の迷い消えたり

ゆるり挽けばトアルコトラジャの香ばしや難題ひとつ決着つけて

色いまだ濃し

氷点下5度なるホームに待ちくるるマスクの友の目もと笑みおり

バス事故の傷痕かなし碓氷《うすい》の峠　エンジンブレーキきかせよとあり

尾花ゆるる碓氷峠の事故跡を覆うコンクリ色いまだ濃し

角まがりても

若きらの職場の不当ききたる日宰相ラッパを吹くがかなしも

会席の膳の説明たどたどと若き黒髪外つ国の女《ひと》

新しき職場を弾み語り終え友はコーヒー一気に飲めり

職求めペルーより来たる青年のノートに日本語のあまたが並ぶ

逝く夏にひとら巻きこみ葬儀社がイベントきそう生き残りかけ

受け取れる郵便物のぬくかりき配達バイク盛夏を駆ける

コンビニの軒端に弁当食む男《ひと》の選挙カーには視線を向けず

小雪舞う工事現場に旗を振るひとの足踏み小さく続くる

小刻みに弦を震わす五嶋龍うなじに汗のすじ光らせて

車列ぬき郵便バイクの駆け去りぬ配達員の日焼け顔残し

リストラをされしと告ぐるひとの声耳に残りて眠りに就けず

非正規の無念語るをじっと聴く正規雇用に過ごしし吾れは

転職後　初のノルマを果せりと友は微笑《え》みつつひかえめに告ぐ

次年度の雇用契約成るひととは吾が庭の雪ぐいぐい掻けり

日焼けせる交通整理の作業員の声まだ聞こゆ角まがりても

任おえてひとりホームをもどりゆく車掌は制帽浅くかぶれり

職退きて若やぐ友はワインレッドのジャケットまといポーズとりたり

ひと目見んとて

上州に世界遺産の報とどき野麦峠の悲哀をおもう

赤煉瓦、フランス生まれの板ガラスひとめ見んとて人らの急ぐ

甲斐の旅路の

「届けます出勤前に」教え子の電話に告げてぶどう持ちくる

「気をつけて」を重ねて大き声かくる車いそがせ帰れるひとに

〈ロザリオビアンコ〉ふふめば顕ちくるこの夏の真青な空の甲斐の旅路の

「銀河鉄道の夜」

金色のいちょう並木と富士山と小春日和の文学館訪う

お気に入りのベートーヴェンのポーズして迎えくれたり宮澤賢治

ジョバンニも又三郎もトシもいて広きホールはイーハトーブなり

余白なし　書き込まれたる原稿「銀河鉄道の夜」をみつむる

人前に〈銀の時計捲きし〉父なりきイーハトーブ《理想郷》をめざせるひとの

応えくれたり

客席に歎声あがりぬ　ステージの「松川事件」自白のシーンに

さりげなく台詞を言える樫山文枝　小指の先はピンと伸びおり

双眼鏡をのぞけるわれにヒロインは視線あわせて応えくれたり

「リンゴとオレンジ」

「母べえ」を見終えし後の数秒を人ら動かずスクリーンに向く

セザンヌの「リンゴとオレンジ」よく熟れてその赤と黄のまならに染む

急ぎペン執る

教え子へ賀状のことば止めどなし生徒の顔かおよみがえりきて

職退きて十年経つとも教え子の苦境の電話に急ぎペン執る

さらさら流る

らっきょうを洗えば砂丘しのばれてわずかな砂のさらさら流る

二時間の手仕事おえてらっきょうの艶めける粒をしみじみ眺む

沈黙の六月《むつき》すごさんらっきょうの甘酢のなかに身を寄せあいて

III

秋の騒動

ふくみみがにわかに出で来てわが票の居場所きまれり秋の騒動
（２０１７年参院選）

〈かんむりをりかにたださず〉この意味をたれか教えよシンゾウさんに
（２０１７年加計学園問題）

早口の「積極的平和」の論きけば遠き記憶のよみがえりたり
（2013年首相の主張）

営団の住宅に住むS少年　還らざる父待ち続けおり
（1948年戦地より帰還しない父を待つ同級生）

観光の地となりて早や半世紀余　わが聞き初めし〈グアム〉は戦場

手品師の内閣改造アッタコトナイコトにしてモリカケのヒト

犬になりたい

枯れ芝を自在にかける犬見つつ試験期の生徒「犬になりたい」

逃げまどうゲジゲジ一匹見つめいつ師の引退を知りたる朝は

いくたびも列島襲いし地震《ない》台風　被災者おもいつつ雪をかきおり

飲まさるる煮え湯の痛み忘れ果て教職を濃き四《よ》十《と》年《とせ》などと

答案の書き直し跡多くして生徒の苦渋に赤ペン進まず

ちちははの諍う声を背に受けて登校の生徒髪ぬれたまま

義足なる男の子の母に生きいるとうかつての生徒と向き合うしばし

小舟一艘

三十三階までは届かぬ音がゆく隅田川《すみだ》をのぼる小舟一艘

明けやらぬ築地市場に灯のあまた浚渫船がゆるゆるゆけり

（豊洲移転以前）

車上より法案反対説くひとに視線あわせてうなずきかえす

にぎわえる大型店には寄らずしてなじみの店に卵を買い来る

函館の市電通りに鷗いてシャッター閉じたる商店ならぶ

日の落ちていよよ激しき蟬しぐれ上牧駅に乗客まばら

街並みにぬっとそびゆる鉄アーム　ビルの階層たちまちに増す

年の瀬の街につかの間活気でて門松つみたる軽トラ走る

ここより東京

白き壁にけしずみ色の屋根瓦　多度津のまちは雨にけぶれる

蘇鉄のかげ映せる廊の長ながし恩師の生家の来し方しのぶ

師の生家を一途に守るひとのいて武家の住まいはありし日のまま

シャボン玉をあまた吹きあげおさな児はもろ手かかげて空を仰げり

隣席の女生徒問題とき始むカフェのざわめきスパイスにして

「あっうどんのにおい！　しあわせ」うどん屋の前をかけゆく女生徒ふたり

大きリュック背に神田ゆく若者ら駿台予備校模擬試験の朝

滑走路を急ぎ飛び立ちしわれらがホープたどりつきたるか一番星に

荒川を渡ればスカイツリーほわーっと見えてここより東京

父母ゆきて

父母ゆきて歳月経たるふるさとに二人を語りくるるひとあり

遠き日に父買いくれし和英辞典書棚の隅に出番まちおり

スエードの手ざわりやさし和英辞典われによりそい今も現役

メリンスの花柄針さし色あせずわれの座右に六十年を

家庭科を学びはじめに母の手の花柄針さしひそかな自慢

オムレツも野菜ソテーもチャーハンも熟《こな》して昭和のわがフライパン

友よりのきゅうり、もろこし、なす、とまと包みを解けば蟬の声もす

雪の日も沼田はぬくしふるさとの親類、友達、そば屋の媼

九十三の叔母の編みたる防寒マット足裏のぬくもり総身におよぶ

卒寿なる叔母は購読紙を変えしとう吾が投稿歌よみくるるとて

野生の声

秋色の後閑の駅に降りたてば友の車のはや待ちくるる

小菊咲くや長生館は山の宿　三国街道のぼりゆきたり

山の宿の近づくほどに誰彼のおもわ浮かびてこころ急きたり

幹事役のカツジくん元あばれんぼう小菊の宿に迎えくれたり

アキコさんの自慢のうめぼし大人気　塩分1.5パーセントとて

うたげ果て夜の更けゆく山の宿野生の声を遠くききおり

音たしかなり

握手して無沙汰の空白うまりたり幼名とびかう同級会の

〈やよいひめ〉を熱く語れるフミオくん四半世紀をいちごに懸けて

ほほ染めて商売繁盛ほこる友の夫亡き後の辛さに触れず

上牧の湯宿《ゆやど》に夜の更けゆきて利根の流れの音たしかなり

Ⅳ

城堀川の桜

「城堀川《じょうぼり》の桜が咲いたよ」出迎えの吾れにまず告ぐふるさとの友

水上と行先あればなつかしく三両電車の尾灯みおくる

遮断機を隔てて過る三両車　車窓に映るひとかげまばら

老舗の屋号

ふるさとの沼田のまちなみ鈍色《にびいろ》にコンビニの灯のみ明あかともる

ふるさとに老舗の屋号生きておりゑびす屋の太平　菊屋の洋子

上州武尊山

斑雪の武尊山《ほたかやま》は山肌こくみせてこころの澱《おり》を浄めくれたり

上州の武尊山に遭難ありという日ごと新聞くまなく読めり

ふるさとは吹雪いているか　鉛色の雲たれこめて武尊山は見えず

乗客はわれひとりなりアップル号真向う上州武尊嶺の雪

黄のみはしゃぎて

奥利根の渓のまたたび白さえてわがまならに幾日のこれり

そばの花の白くゆれいる山里を駆せつつ車窓を大きく開ける

秋色に染まるふるさと静かなり泡立草の黄のみはしゃぎて

V

小さく寿ぐ

庭に咲く水仙、蠟梅、椿活け独りの正月小さく寿ぐ

車窓より身をばのり出すダックスフント耳に春くる風になびきて

チューリップ、スイートピーにかすみ草花屋を占めて門出の季節

境内のミモザの大樹ふんわりと春引き寄せて黄を繁らせる

花ふぶきを浴びて散歩の距離のばす今日を行き交う人らの寡黙

街路樹の紅白それぞれ咲きさかり水木みずから春を寿ぐ

春一番　有楽町を駆けぬけてはる色、　はな柄主役となれり

Yシャツに春かぜ溜めて少年はたちまち遠のく立ち漕ぎのまま

夏の朝のアイロンかけこそすがしけれ糊をきかせて白きブラウス

紫の波

里山の木々を覆える山ふじの紫の波うねりうねりて

手もぎなる友の白加賀《しらかが》つぶぞろい今年も漬けんカリカリ梅を

老神の湯宿をめぐり咲き満つる葛、藤袴の迎えくれたり

生いしげる櫟《くぬぎ》の巨木せまりきて窓辺のわれらをみどりに染むる

残暑の日「それでも秋は近いのよ」オーガニックに勤しむ姉は

霜月二十日

雁の群れの列ととのえてわたりゆく夏のざわめき吸いとるように
それぞれの郷里のナンバー並びいて学生マンション秋むかえたり

この夏のほてり鎮めるごとく降る九月みそかの雨の音きく

石蕗の花蕊に止まる黄の蝶と向きあえばすこしこわもてなりき

小雨ふる赤城の古寺の黒土に榧《かや》の実あまた黙し転べる

太き幹に緑青色の苔そだて榧は佇ちおり二〇〇年余を

かんきつの実に乗るみつばち翅を閉じ朝日あびおり霜月二十日

限られし時25分（危機を憂う）

危機うれい高田馬場に降り立てば人らそれぞれの声あげており

ぬるま湯に浸かるくらしを目覚めさす駅前の風うけて清しき

風邪おして登壇したる師の声を大講堂に聴く師走の六日

限られし時25分放たるる直球にして背すじの伸びぬ

満作の黄

新宿のレッスンおえたる日の夕べ赤きトナカイ郵便受け《ポスト》に待てり

年どしに届くクリスマスグリーティングかつての同僚　英語の教師

師走にも咲き続けいる白菊に庭師は太き支柱副えたり

サルスベリの裸となりて立ちており赤城おろしに拳骨かかげ

氷点下2度なる朝の門口の柊の花白く香れり

二ミリ巾の花弁くるりと反り返し満作の黄は小さく灯れり

蠟梅の花をつぎつぎ頬張りて鵯は去りたり風に向かいて

付箋小さく

いくつもの付箋小さくのぞかせてわが卓上に『桜のゆゑ』は

御子息にあまた謝りたきありと師の懐に母おぼえたり

千代ヶ丘の目白は幸せ　鵯に遅れとりても飢えることなく

木の扉を開けて再びめぐりあう〈無〉の歌うた…を声にして読む

Ⅵ

古都の旅

みやげ売る店主の息災たしかめて今年も古都の旅をはじむる

清水に佃煮あきなう老店主　品じな個々につつみくれたり

あたたかき冬陽あびますみほとけに夫の病の平癒を祈る

末枯れの東寺に人かげまばらにて生徒つれたる日のたちかえる

木屋町の歌碑に落ち葉の降り止まず吉井勇を偲びて佇てり

目にてまず味わう「いづう」の鯖ずしの飯《いい》透きとおりきっちり並ぶ

改修のさなかのおおてらひとけなく八一おもいて歌碑と向きあう

しずもれる唐招提寺にたつ歌碑の八一の歌の文字うすれおり

十年《ととせ》ぶりの錦市場をあふるるは食べ 歩き客に甲高き声

保津川の流れに従う船頭のさばく竿先まるく磨れおり

Ⅶ

声をききたり

訪ねたる小浜は〈北〉を背負わされ「海のもしもは１１８番」

さざ波の寄せくる浜に佇みて小浜の悪夢を遠くおもえり

炉に並ぶ小浜の焼き鯖大口に「アッ」と叫べる声をききたり

新緑にのっと立ちたる〈めがねのさばえ〉文字の赤きがひとりはしゃげり

旅人のひとりとなりて早世の山川登美子記念館へ文月朔日

うたびとの終焉のとき見守りて百余年の庭苔に覆わる

息正し登美子終焉の部屋訪えば細き掛け軸ぽつんと下がる

このまちに登美子を護る人らいて旧家のすがた今日につながる

小さきガーネット

青白き月供《とも》にしてOS機の滑りゆきたりユーラシアの宙《そら》

一面の菜の花畑をゆくバスにチェコの減反政策を見る

ライラック、アカシア、こでまり咲き満つるプラハの春は今さかりなり

にぎわえる市民広場の免税店に小さきガーネットひとつ買いたり

ボヘミアの古城めぐらす石畳まるく磨るるを手にふれてみつ

兵居《お》らぬ国境こえるバスにいてハンガリーの自由化しみじみおもう

「赤とんぼ」歌いくれたる児らのこと思いつつゆく再びのブダペスト

街角にワルツ流れてみやげ屋の名も「ワルツ」なるウィーン満喫

ブルージュの民芸店に客のなくテーブルクロス時かけ選ぶ

ひるさがりのアントワープの老い人ら紅き頬してカフェにつどえり

おもてなしの国

きんぽうげの花ゆるる野に大き羽根を休めて風車の十九基たつ

スキポールの地平はるかに満月の昇りて野うさぎ草原に跳ぬ

鈍色に波立つ北海《ほっかい》ながめつつ夕べの宿に揚げにしん食む

「フィニッシュ?」と皿もち去られあわてたりおもてなしの国のわれらは

小さき夢もとめて移民の多しとうアムステルダムにも光はみえず

暮れ泥むアムステルダムの雑踏にブルカの女性足早に過ぐ

ゴッホ慕いし「Portrait of Madme Roulin《郵便局のおばさん》」の絵はがきを買うクラレミュラーに

運河沿いのアンネ・フランクの隠れ家にただ一枚のカーテンもなく

「自衛」なる言葉の翳をおそれいるアンネの願いとどく日遠く

新宿のオアシス

師のまとうセーター、スカーフ春いろに花びえ卯月十日のレッスン

新宿の雑踏のひとりとなれる夕ビルの谷間に沈丁花かおる

冬の日にねぎの畝みゆ青青と湘南ライナー深谷を走る

「ライオン」のうたげの余熱をそのままに車窓ゆ眺む都会の夜景

マンションに生命のぬくもり覚えつつ窓のあかりのあまたを仰ぐ

新宿にオアシスありて浸る日の掃除、洗濯、柵《しがらみ》解かる

VIII

三月十一日　(1)ことば詰まらす

立ち入りを禁じられ南相馬の区長「無念無念……」ことば詰まらす

不明の児らあまたなる地に復興のコンクリ拒める建築家あり

地震《ない》津波放射能もれに襲わるる大地に春雨音なく浸みぬ

避難所のあまたなる人ひとりひとり生死分けたるドラマ背負えり

待ちまちし支援の品を受け取れるひとみな列を乱すことなし

食料を並びて受くるひとびとを高潔な民と異国びと言えり

三月十一日　(2)祈っています

ＮＰＯ「花見山を守る会」はフクシマとわれをしかと結べり

フクシマへ送る品々に添える文《ふみ》「〈春〉の来ることいのっています」

原発の処理にあたりし人あまた所在不明の報に愕《おどろ》く
（福島原発崩壊の処理に雇用した日雇労務者の所在不明。彼等の被曝状況調査が出来ず。２０１１・８・31現在）

フクシマを儲けの種にする輩　除染員らの労金を剝ぐ

人間の為せることならずフクシマの留守宅のピアノ盗まるるとう

黒土に赤城の野菜のみどり映え放射能汚染なきを祈れり

安穏の日々のくらしを詠みおれば被災の人らふいに顕ちくる

九年後の浪江の漁師捕りたての白子もろ手に掬いてみせる

〈復興〉の名のもとにさるる嵩上げをふるさとの〈埋葬〉とそのひと

IX

翳るときも

翳る春も真直に来たる青き蝶　今日はたっぷり歌仲間《とも》と語りたし

部屋隅に置かれたるまま三ヵ月新宿行きの黒革鞄

上毛野《かみつけの》に五ヵ月ぶりなる短歌会測って洗って離れて座る

八月の六日、九日、十五日　ウイルスありてもゆめ忘るまじ

東京の友より届くレッスンのコピーを読みかえすいくたびも

上京の予定伝うるわれに笑みウイルス対策こまごまと医師

コロナ禍を一日一食のみのひとと資産二兆円増えたるひとと

霜の朝のオータムポエム摘みとりて茹でて盛りあげ春を引き寄す

境内の樟の大樹の神さびて降りつぐ落ち葉浴ぶる晩春

籠れるも紫蘭一輪卓上にわが裡《うち》の冬きっぱり仕舞う

夏の朝の「危機の時代の歌ごころ」四十分を耳すましたり

師の説ける〈君死にたまふことなかれ〉すとんすとんとわが胸に落つ

榛名嶺をはるかに望む上毛野《かみつけの》コスモスの海およぎゆきたり

幾千のうたびと棲まうや師の裡に読むたび思う〈てんきりん〉なり

ほのあかりに調えらるる大ホール「一葉展」の空気澄みたり

スタッフの温きにふるるこのひと日並木のいちょうは止まず降り積む

文壇にひと本咲けるりんどうを思いつつ閉ずる甲斐の旅なり

ダメダメダメ

栗の花のふさふさゆるるブチャなれど猛禽に奪わる街の命は

虐殺の街と化したる緑のブチャ傷深きまま人らは生くる

侵さるるブチャの惨劇報じいる田中キャスター声を震わす

崩れゆく街の映像耐えがたし己叱りつつ視線をそらす

ダメダメダメ絶対ニダメ戦争ハ　仲代達矢八十九歳

ドクダミの長き根引きつつおもいたりひとりとぼとぼ行ける幼を

むなしきはプーチンのoccult《オカルト》 of《オブ》 death《デス》ひかりの春もかげりがちなり

X

影ふたつ

夫の古稀いわいてシャンパンかかげたりイタリア民謡ながるる店に

師の歌評たまわり映ゆる投稿歌ことととのえて夫に読みやる

還暦を過ぎなお教壇に立つわれを夫は気づかいパソコンを打つ

庭隅に生うる野蒜の酢味噌あえ夫はうまいと箸のいそがし

菜園に夫が茄子とるはさみの音聞きつつ朝餉こしらえており

「梅が咲いたよ」「クロッカスも咲きました」夕餉どき夫と交わせる春めく話題

身の不調口にする朝リビングに夫の淹れたるほうじ茶かおる

七十路のひととめぐれる古都の旅帰路の車中に話題はつきず

長き影ふたつ刈田に落としつつ夕映えの畦を夫と歩めり

寝室の戸

寝室の戸を細くあけ声かくる今日ＭＲＩを受診の夫に

「おくすりをのみましたか」夫に問う朝餉の後のならわしとなり

夫の癌を告げられし夜は浴室のシャワーかぶりてはばからず泣く

夫の食む氷の音のカリコリと冴えてひびけり夜半の病室

病室の窓に明りの灯りいて夫の命のたしかさおもう

待ち合いに歌を詠めるが慣なり点滴受くるひと待つ二時間

病む夫の「こんなに世話になるなんて」吾れは戸惑いまばたきひとつ

耳をそばだつ

正直にかつ無器用に生きたるひとの遺影に生き方ありありと見ゆ

数歩ゆきまたもどりきて亡きひとの墓前の香煙みつめ続くる

小雪舞う夫の墓前にたちこめる香煙の白にわが息溶くる

菩提寺にかっこうの声さえわたり清しく生きたるひとを偲べり

吹く風に夫の塔婆のひくく鳴り語りくるるか耳をそばだつ

歌会の濃きひとときを伝えんと亡夫に花など買いて帰り来る

ゆめに顕つひとは行きさき告ぐるなく踵かえせり逝きて一年《ひととせ》

こころ安らぐ

亡きひとにダイレクトメール届きたりK社にはいまだ夫の生きおり

「ただいまぁ」ドアー開けたる一瞬をきみの声待つ五年経ちても

仏前に熱き朝茶を供うるが慣となりぬ夫ゆきて六年《むとせ》

朝なさな般若心経となえおりひと日のはじめの定点として

灯明の三センチほどが灯る間に君に告げたり〈今日〉の予定を

祝いたきひとなき如月五日なりせめても暦に齢《よわい》書きこむ

日曜日の慣わしなりき四十年《よとせ》を〈音楽の泉〉共に聴きたり

食卓の向かいの椅子にひとなくて今朝も流るる泉のしらべ

独り居に慣れてさりとも人混みにこころ安らぐ一瞬おぼゆ

十四年

牛のこと詳しき男《ひと》とめぐりあいその話題なべて新鮮なりき

産まれたるときより牛は歯をもつとう吾が驚きのはなしのはじまり

牛なるは四ツの胃をもつ生きものと彼の専門第一胃とか

優形《やさがた》のきみのひと声不思議なり黒き巨体の従順にして

山つつじの燃えて赤赤五十年　共に植えたるきみはなけれど

現し世を離脱のきみのかんばせの澄めるが裡にあり十四年
目守《まも》りくるる遺影のひとに福豆を供えてひとりの節分の夕べ

あとがき

『影ふたつ』には、二〇一一年から二〇二三年に詠んだ三二三首を収めました。「りとむ」に掲載された作品です。

在職中は、仕事一本槍の生活でした。心の深いところに短歌に対するあこがれをもちつつ、無器用な私は、四十年にわたって仕事ばかりの生活をしてまいりました。

教壇を降りて、二十四時間を思いのままにつかえる生活がはじまりました。充実した仕事の四十年間に幕をして、自由な短歌の世界を楽しむ生活がはじまりました。

群馬県立土屋文明記念文学館における三枝昻之先生の短歌講座に入門させていただきました。人生初の短歌講座でした。

先生の第一声は「まずは定型からお入り下さい。日常生活のなかの小さな小さな事柄を掬いあげて五・七・五・七・七におさめなさい」と。

あこがればかりで一首として歌を詠んだことのない私は、先生の最初の言葉に救われました。

短歌に対する畏れの念は今も変わりませんが、先生のご指導によって、短歌は身近なもの、魅力的なものと知りました。しかしながら先生のご指導は決して甘いものではありませんでした。

三枝先生が二〇一八年に上毛野《かみつけの》の文学館でのご指導に区切りをおつけになられましたことは大変残念なことでした。

現在は、朝日カルチャー新宿教室で今野寿美先生のご指導を受けております。月に二回の実作レッスンでは、自分の未熟さを曝け出して、生徒になり切っております。私は、このレッスンのひとときを〈新宿のオアシス〉と考えて先生にお世話になっております。

コロナ禍で世の中が疲弊のムードに覆われるときも、新宿のレッスンは形をかえて継続されました。

拙い歌集『影ふたつ』の刊行にあたりましても親身なるお世話をいただきました。

三枝先生、今野先生のお導きに心より感謝申し上げます。

「りとむ」を通して交流の生まれました歌仲間の方々の作品に圧倒されつつ私は、平易な言葉でストレートな歌を投げまくってまいりました。

「りとむ」の皆様、沢山の励ましと刺激をありがとうございます。

砂子屋書房の田村雅之様には、歌集刊行につきまして、ご親切なお力添えをいただきましてありがとうございました。また、装幀の倉本修様に併せて厚く御礼申し上げます。

二〇二四年一月

生方柾栄

著者短歌学習歴
三枝昂之先生　群馬短歌講座
今野寿美先生　短歌実作レッスン（朝日カルチャー新宿教室）
田村 元 先生　短歌相互学習会
「りとむ」入会　二〇一一年十一月

歌集　影ふたつ　りとむコレクション134

二〇二四年四月一一日初版発行

著　者　生方柾栄
群馬県前橋市六供町五丁目一七―二三（〒三七一―〇八〇四）

発行者　田村雅之

発行所　砂子屋書房
東京都千代田区内神田三―四―七（〒一〇一―〇〇四七）
電話　〇三―三二五六―四七〇八　振替　〇〇一三〇―二―九七六三一
URL　http://www.sunagoya.com

組　版　はあどわあく

印　刷　長野印刷商工株式会社

製　本　渋谷文泉閣